LES MONUMENS PUBLICS.

POËME.

A MONSEIGNEUR
LE DAUPHIN.

AUGUSTE rejetton d'une tige féconde ,
Qui donne à nos climats les plus grands Rois du monde ;
Souffre qu'à tes regards j'offre ces monumens ,
Que la sagesse éleve , & que détruit le tems ;
Restes bien précieux des rares avantages ,
Dont la terre a joui dans le cours des beaux âges.
Il est des monumens encor plus glorieux ;
Le Ciel les éleva dans ton cœur vertueux.
A la Religion dès l'enfance fidéle ,
Ton ame eut des vertus , que mérita ton zéle ;
Et leur essain nombreux croissant avec les ans ,
A comblé les desseins des Fénelons du tems.
Le Ciel sur tes vertus réglant ta destinée ,
Préparoit à ton cœur un auguste Hyménée :
Il préside aux doux nœuds de cet Hymen charmant ,
Que la tendresse avoue autant que le serment.
Par un heureux présage il fait briller l'aurore
Du beau jour que bientôt il devoit faire éclore ;
Et couronnant enfin tes desirs & nos vœux ,
Il accorde à la France un Roi pour nos neveux.

A ij

Les jeux avec les ris depuis cet heureux gage,
Sembloient d'un long bonheur nous assurer l'usage ;
Le plaisir en notre ame & s'éleve & s'accroît.
Mais du bonheur humain que le cercle est étroit !
J'apperçois les Français plongés dans les allarmes,
Et trop épouvantés pour répandre des larmes :
Je frémis avec eux de ce soufle infecté,
Qui vient souiller un sang, qu'il avoit respecté.
Mais le Dieu qui t'afflige, est un Dieu qui t'éprouve ;
Il veille ; & dans le calme enfin tout se retrouve.
Maître de la nature, il l'a fait obéir,
Et fixe au sang un cours qu'il n'osera trahir :
Il te rend aux vertus d'une Epouse chérie,
Qui, pour sauver tes jours, a méprisé sa vie ;
Et par un même sort, dans le cœur des Français,
Au trouble le plus grand fait succéder la paix.

LES
MONUMENS
PUBLICS.

P O Ë M E.

USES qui préſidez aux plus nobles accens,
Ranimez en ce jour mes ſons trop languiſſans ;
Célébrez par ma voix ces monumens auguſtes,
Qu'élevent à nos yeux des mains ſages & juſtes,
Témoins de la grandeur des peuples & des Rois.
Et vous, vils monumens, qu'étale en mille endroits
Ou le farouche orgueil, ou la folie altiere,
Tombez, diſparoiſſez, rentrez dans la pouſſiere.

Vos énormes fardeaux fur la terre apperçus,
Qu'offrent-ils en effet à nos regards déçus ?
Le triomphe éclatant d'inutiles caprices,
Et peut-être celui des plus horribles vices ;
Trop funeftes tableaux des malheurs redoublés,
Dont le poids fit gémir des peuples accablés.
Je laiffe à des pinceaux plus féconds en prodiges,
Le foin ingénieux d'embellir ces preftiges.
Moins pompeux , & plus vrai , par des accens flatteurs
Je n'encenferai pas ces marbres impofteurs ,
Placés par l'arrogance , ou par la main des crimes.
A l'effor des vertus je confacre mes rimes ;
Paroiffez , monumens , objets majeftueux
Du bien de la patrie , & du refpect des Dieux.

    Qui frappe mes regards ? Ah quel fuperbe temple ! [1]
Avec étonnement l'univers le contemple.
Merveille de l'Afie , & des plus beaux talens ,
Le feu dévorera jufqu'à tes fondemens.
D'un fcélérat fameux la fombre frénéfie ,
Pour s'immortalifer , hélas , te facrifie :
Arrête , malheureux , arrête , que fais-tu ?
Eteins tes noirs flambeaux au fein de la vertu.
Il eft fourd à ma voix , ô ciel , lance ta foudre ,
Il en eft tems encor , réduis , réduis en poudre

---

[1] Le Temple d'Ephèfe.

Ce facrilége bras levé pour t'outrager.
Mais envain je l'implore en cet affreux danger ;
Et la flâme à la main un fougueux téméraire....
Tout le temple n'eft plus qu'une vapeur légère :
La perte de tes murs par les arts embellis,
A toute la nature arrachera des cris.
    Quel eft cet édifice ¹ offert par la victoire
A ce Dieu qui préfide au Temple de Mémoire ?
La matiere & l'ouvrage à l'envi l'ont orné ;
D'un char étincelant le faîte eft couronné,
Et le Soleil affis fur ce glorieux Thrône ²,
Charme les Spectateurs, que fa lumiere étonne.
De célèbres mortels revivent dans ces lieux ;
Et de l'efprit humain les monumens nombreux,
Dont ce vafte édifice a décoré fes voûtes,
A de nouveaux thréfors vont nous ouvrir des routes.
Du féjour d'Apollon, malheureux habitans ³,
Ce Dieu devient l'ami de vos fiers Conquérans ;
Et fenfible aux autels que lui dreffe un grand homme,
Il fe fait citoyen & protecteur de Rome.

---

1 Le Temple d'Apollon bâti à Rome par Augufte après la victoire d'Actium. Il
y fit conftruire un fpacieux Portique pour une Bibliotheque Greeque & Latine. Les
Poëtes attachoient leurs ouvrages dans ce Temple après les avoir fait approuver
du Public. Properce en fait la defcription dans la XXXI⁰. Elégie du Liv. 2.

    2.   Auro Solis erat fupra faftigia currus.
                  Propert. *Eleg. 31. Liv. 2.*

3 Les Grecs.

Pégafe, les neuf Sœurs, & le double vallon
Paffent dans ces beaux lieux que protege Apollon :
La Phocide eft déferte, & ce Dieu même entraîne
Dans le Tibre orgueilleux les eaux de l'Hippocréne.
Romains par ce grand art, des Mufes emprunté,
Inftruifez l'univers que vous avez dompté.
   Peuples accourez tous à ce facré Portique [1],
Dans Solyme élevé par un Roi pacifique.
Quelle richeffe immenfe, & quel jour radieux
Frappent dans le Lieu Saint mes trop débiles yeux !
L'encens brûle aux autels par la main des Lévites,
Et l'on fert le vrai Dieu chez les Ifraelites.
Grand Roi, qui dédaignés d'affronter les hazards,
Tu te plûs à former & protéger les Arts :
Tu fis régner la paix, l'équité, l'abondance ;
Saba vint rendre hommage à ta magnificence ;
Et méprifant ainfi les belliqueux exploits,
Tu méritas le nom du plus fage des Rois.
   Un Meffie annoncé par des voix prophétiques,
Nous ouvrira bientôt de vaftes Bafiliques :
Tombez, tombez, Chrétiens, aux pieds de vos autels,
Un Dieu defcend chez vous à la voix des mortels,
Révélez fa Loi fainte, & portez la lumiere,
Où le Soleil commence & finit fa carriere.

---

[1] Le Temple de Salomon.

Brifez

Brifez , brifez ces Dieux follement invoqués,
Plus foibles que les mains qui les ont fabriqués :
Réuniffez au joug d'une loi falutaire
Ces peuples adoffés aux confins de la terre.
Dénouez de l'erreur les malheureux liens ,
Et répandez par tout des monumens chrétiens.

Princes & citoyens , embelliffez vos villes
Par le concours des arts , par des travaux utiles :
Redoutez de l'oubli l'indigne obfcurité ,
Et tranfmettez vos noms à la poftérité.
Le ciel qui nous donna les arts & l'induftrie ,
Ne défend pas les foins qu'on doit à fa patrie :
Ces utiles travaux , & ces foins généreux
Confacrent les vertus & les talens heureux.

Telle autrefois l'Egypte en miracles féconde ,
Devint bientôt l'école , & l'ornement du monde.
Un Phare ici s'éleve , & brife les complots
De la fureur des vents , des écueils & des flots :
Là fortent des Palais , plus loin les yeux avides
Contemplent la hauteur de larges Pyramides ;
Et l'on voit ces grands corps , édifices fçavans , 1
Fixer l'état du Ciel , de la terre , & du tems.

---

1 M. de Chazelles étant en Egypte mefura les Pyramides , & trouva que les
quatre côrés de la plus grande étoient expofés précifément aux quatre Régions du
Monde. Or comme cette expofition fi jufte doit , felon toutes les apparences pof-
fibles , avoir été affecté par ceux qui éleverent cette grande maffe de pierres , il y

A l'Egypte sçavante Athene rend hommage,
Et la Gréce aussitôt perce l'épais nuage,
Qui couvroit ses climats d'une profonde nuit ;
Le jour succede enfin à l'ombre qui s'enfuit :
Ces bords sont animés d'une nouvelle vie ;
La matiere a perdu sa pesante inertie,
Tout respire ; & la toile, & le marbre, & l'airain,
Sous les doigts de l'Artiste ont changé de destin.
A ses riches vaisseaux Athene ouvre un Pyrée ;
Spectacle aussi pompeux, que retraite assurée :
Un Sénat [1] qui jadis avoit jugé des Dieux, [2]
Prononce ses Arrêts sous des toîts précieux.
La patrie attentive aux citoyens utiles,
Assigne à leurs vertus de glorieux aziles : [3]
Elle anime, & chérit les vertueux travaux ;
Heureux si l'univers lui donnoit des rivaux.

A d'effrénés soldats la Gréce enfin ouverte,
Prévit son triste fort, & soupira sa perte :
Trop foible, elle plia sous un joug détesté ;
Et perdit tous les arts avec la liberté.

---

a plus de trois mille ans, il s'ensuit que pendant un si long espace de tems rien
n'a changé dans le Ciel à cet égard, ou, ce qui revient au même, dans les Poles
de la Terre ni dans les Méridiens.

                        Fonten. *Eloge de M. de Chazelles.*

1. L'Aréopage.
2 Neptune & Mars.
3 La Prytanée.

Minerve fugitive aborde en Italie :
Par ſes dons enchanteurs cette rive ennoblie,
N'offrit de toutes parts qu'illuſtres monumens ;
Le Tibre fut bordé de pompeux bâtimens,
Et l'orgueilleuſe Rome effaça par ſes charmes
L'éclat du monde entier ſubjugué par ſes armes.

Le Dieu qui créa l'homme, & qui tient en ſes mains,
Des peuples & des Rois les fragiles deſtins,
Tranſporta les talens ſur les bords de la Seine :
O Rome, ton éclat n'eſt plus qu'une ombre vaine.
Mais interromps le cours de tes juſtes douleurs ;
Tu verras les Français réparer tes malheurs.

Le Français né guerrier, emporté par la gloire,
Qu'aſſurent aux Héros Bellone & la Victoire,
Ne reſpirant que Mars, & ſes nobles ardeurs,
Dédaignoit follement Minerve & les neuf Sœurs.
Il porta la terreur au ſein de l'Auſonie,
Et ſoupçonna le goût des arts & du génie.
Le ciſeau fut touché, l'équerre, & le pinceau ;
Mais l'art chez nos ayeux fut longtems au berceau :
Enfin il s'échappa d'une trop longue enfance,
Et verſa ſes faveurs dans le ſein de la France.

Délicieux ſéjour des graces & des ris,
Tu charmes nos regards, & confonds nos eſprits :
Les arts imitateurs des traits de la nature,
Vont porter leur tribut à ton architecture ;

Et noblement grouppés fur des fonds éclatans,
Semblent ne redouter ni le fort ni le tems.
Je les vois s'applaudir, & triompher enfemble
Au milieu de ces murs [1] où le goût les raffemble;
Sous ces lambris dorés tout fixe mes regards,
Et le Palais des Rois eft le Temple des Arts.

 Mais un nouveau prodige à mes yeux fe découvre :
Quel mortel, ou quel Dieu deffina de ce Louvre
Le merveilleux contour, qui rend tout à la fois
La grandeur du génie, & la grandeur des Rois ?
Le féjour des talens [2] te donne un nouveau luftre :
Tu reçus ce bienfait du Roi le plus illuftre,
Toujours cher à nos cœurs, ainfi qu'à nos regrets,
De ce Roi couronné par Mars & par la paix ;
Qui toujours careffant la gloire & le génie,
Conftruifit un trophée à la docte Uranie ; [3]
De ce Roi qui fixa dans des murs fomptueux, [4]
Du foldat indompté les reftes glorieux.

 Et toi, de ce beau fang digne & précieux gage,
Toi, dont les bataillons contemploient le courage,
Lorfqu'aux champs de Bellone, ainfi qu'un fier lion,
Tu terraffois l'orgueil des enfans d'Albion ;

---

1. Verfailles.
2. Les différentes Académies qui fe tiennent au Louvre.
3. L'Obfervatoire.
4. L'Hôtel des Invalides.

Dans les fils des guerriers fais germer la vaillance ;
Pourfuis tes hauts deffeins , [1] & l'on verra la France
Te devoir d'âge en âge un peuple de héros ,
Qu'auroit cachés le fort dans l'ombre du repos.

Pour une tendre fleur, qui n'eft qu'à fon aurore ,
Souffre que plein d'efpoir, aujourd'hui je t'implore.
Ce jeune rejetton , objet de mon amour ,
D'un pere qui m'eft cher , reçut auffi le jour.
Grand Roi , dont les bienfaits embelliront l'hiftoire ,
Daigne l'affocier au berceau de la gloire.
Le zéle & le devoir par de juftes efforts ,
Sçauront de fon enfance animer les refforts.
Sous les yeux d'un Miniftre habile autant que fage ,
Il fera des vertus le noble apprentiffage ,
Et s'inftruira fans ceffe en cet augufte lieu ,
A bien fervir fon Roi , fa patrie , & fon Dieu.

---

1 L'établiffement de l'Ecole Royale Militaire.

Lû & approuvé. Ce 5 Février 1753.

CREBILLON.

Vû l'Approbation. Permis d'imprimer, à la charge d'enregiftrement à la Chambre Syndicale. Ce 5. Février 1753.

Signé, BERRYER.

Regiftré fur le Livre de la Communauté des Libraires & Imprimeurs de Paris N°. 3570. conformément aux Réglemens, & notamment à l'Arrêt du Conseil du 10 Juillet 1745. A Paris, ce 13 Mars 1753.

HERISSANT, Adjoint.

De l'Imprimerie de C. F. SIMON, Imprimeur de la Reine, & de l'Archevêché, ruë des Mathurins. 1753.

9 782019 639181